milan Kundera

米兰·昆德拉

著

董强

译

一个被劫持的西方
或中欧的悲剧

上海译文出版社

目录

文学与小国

在捷克斯洛伐克作家大会上的讲话

1967

亲爱的朋友们，尽管没有一个国家在我们地球上最遥远的时代就出现，尽管民族国家的概念本身相对来说是很现代的，它们中的大多数却都觉得，自己的存在是一种明摆的事实，是亘古存在的上帝或大自然的恩赐。每个民族定义它们的文化、政治体制甚至国家的边界时，都会觉得那是它们自己的发明创造，也就是说，是可以被质疑的、会出现问题的，然而，它们却都认为自己作为一个民族的存在是毋庸置疑的。捷克作为民族国家，其历史并不总是那么美好，而且还时断时续，多次从鬼门关前经过，因此，捷克人不至于陷入此类自欺欺人的幻想。捷克作为民族国家的存在从未被视为明摆的事实，而正是这种非明摆事实性，成为它重要的特征之一。

在十九世纪初，这一现象尤其明显。当时，一小部分知识分子最早站出来要复兴捷克语，这门几乎已被忘却的语言。而后，他们的下一代试图复兴几乎已经消亡了的捷克民族。这种复兴是一种具有高度觉悟的行为，与所有行为一样，建立在一种选择之上：要么同意，要么反对。即便是那些致力于捷克民族复兴运动、倾向于同意的知识分子，也十分重视那些反对意见。他们很清楚——比如说弗朗齐歇克·马图斯·克拉采尔[1]，他就直接提出过——假设捷克可以成为德国的一部分，那么，捷克人的生活要容易得多，他们的孩子也将拥有更多的机会。他们同样清

---

1 Frantisek Matous Klacel（1808—1882），捷克诗人、哲学家。

楚，从属于一个更大的国家，可以让他们的精神成果产生更大的影响力，具有更深远的意义，而用捷克语写出来的科学论文——我引用的是克拉采尔的原话——"大大降低了我千辛万苦才获得的研究成果被世人所认可的程度"。他们很清楚小国国民会遭遇到的种种麻烦。正如扬·科拉尔[1]所说，"小国国民的认知和感觉只及得上其他人的一半"，而且他们的教育水准——我引用的也是科拉尔的原话——"经常是平庸而虚弱不堪的。他们并不真正生活，而只是苟延残喘；他们不茁壮成长，生不出花苞，而只是插在地上，胡乱生长，长不成大树，只生出荆棘"。

捷克人对正反双方的论据都了如指掌，这便使得"生，还是死"以及"为

---

1 Jan Kollar（1793—1852），斯洛伐克诗人。

什么"这样的问题始终处于捷克作为现代国家存在的根基之中。虽然那些唤醒捷克民族意识的人成功地让这一现代国家得以成立,却让其未来充满了重大挑战。他们让后来的国民必须不断地去证明,他们当初的选择是正确的。

一八八六年,赫伯特·戈登·绍尔[1]提出了一个饱受争议的问题。他看到新捷克已经渐渐萎缩到了自己的渺小之中。其实,这个问题本身就已经是对捷克作为民族国家的非明摆事实性的一种认同:"假设我们将自己的创造力跟一个文化程度比尚处萌芽状态的捷克文化发达得多的大国结合在一起,那么,我们对人类的贡献是不是要大得多?难道我们的文化价值真的已经大到足以确

---

1 Hubert Gordon Schauer(1862—1892),捷克哲学家、作家。

立它的存在的地步？"紧接着，他又提出另一个问题："这种文化价值本身是否能够在未来确保我们国家不失去自身的主权？"

这些质问直指那种虚妄的确定性，让捷克这个满足于"插在地上，胡乱生长"而非真正生活的小国觉得是对其作为民族国家的一种攻击，因此，捷克决定将绍尔先生驱逐出境。即便如此，五年之后，年轻的批评家萨尔达把绍尔称作"那个时代最伟大的人物"，认为他的言行是最爱国的。他没有看错。绍尔不过是将那些唤醒捷克民族意识的领导者都清楚意识到的二元性推到了极致。弗朗齐歇克·帕拉茨基[1]写道："假如我们不能将民族精神提升到比我们的邻国

---

1 František Palacky（1798—1876），捷克历史学家、政治家。

更伟大、更崇高的追求，那么，我们连自己的存在都无法保证。"扬·聂鲁达[1]则更进一步："我们必须将我们的国家上升到世界的意识和教育水平，才能保证国家的威望，以及我们国家自身的存在。"

那些复兴捷克民族精神的领导者把民族国家的存亡跟这个国家所能创造出的文化价值紧密地联系在了一起。他们衡量这些价值不是视其对本民族的用处，而是希望它们跟全人类 —— 当时人们都喜欢这么讲 —— 的标准相一致。他们渴望融入世界，融入欧洲。在这样一种背景下，我要强调捷克文学的特殊性，它构建起了一种在全世界都非常少见的模式：翻译家是重要的文学实

---

1 Jan Neruda（1834 — 1891），捷克现实主义诗人、小说家。

践者。翻译家甚至是主要的文学实践者。说到底，在白山战役[1]之前，最伟大的文学家都是翻译家：罗霍尔赫·卢比·德·耶勒尼，达尼埃尔·阿达姆·德·维勒斯拉文，扬·布拉霍斯拉夫。约瑟夫·容曼著名的弥尔顿译文为民族复兴时期的捷克语奠定了基础；直到今天，捷克的文学翻译都是世界上最好的文学翻译之一，翻译家得到了与其他文学家一样的尊敬。文学翻译能够发挥重要作用的原因是非常明显的：正是靠了翻译，捷克语才得以确立和完善，成为一门完整的欧洲语言，吸收了欧洲的各种专业词汇。还有，正是通过文学翻译，捷克人用捷克语创立了属于他们自己的欧洲文学，而这个文学

---

1 白山战役爆发于 1620 年 11 月 8 日，是三十年战争中最早、最重要的战役之一，它标志着捷克独立的终止。

也培养了读捷克语的欧洲读者。

对于那些具有所谓古典历史的欧洲大国来说，它们所处的欧洲框架是一种自然而然的存在。然而，对于捷克人来说，经历过觉醒与沉睡的多重交替，他们错过了欧洲精神发展的几个重要阶段，因此，每每需要自己去适应欧洲的文化框架，将它纳为己有，进行重建。对于捷克人来说，没有任何东西是一种确凿无疑的继承物，无论是他们的语言，还是他们对于欧洲的从属性。况且，这种从属性可以归结为在两种选择之间的永久摇摆：要么任捷克语不断削弱，直至成为单纯的欧洲方言——捷克文化成为一种民间文化，要么成为一个欧洲国家，具备所有欧洲国家的特性。

只有这第二种选择才能确保一种真

正的存在。然而，这样一种存在，对于一个在整个十九世纪都倾注自己最大的能量去构建基础——无论是中学教育，还是百科全书编撰——的民族来说是非常严酷的。即便如此，从二十世纪初期起，尤其是在两次世界大战之间，我们见证了在整个捷克历史上前所未有的文化繁荣。在二十年当中，一大批天纵之才致力于创造活动。就在这短短的时期内，自夸美纽斯[1]以来，捷克文化首次成功地上升到了欧洲的水平，同时保留了自己的独特性。

然而，这段重要的时期——如此的简短，如此的热烈，以至于我们一直念念不忘——却是一种少年时期，而非成人时期：捷克文学只是在它的初始

---

1 Jan Amos Comenius（1592—1670），捷克民主主义教育家，西方近代教育理论的奠基人。

阶段，主要以抒情为主，而且为了获得发展，不需要任何其他东西，只需要漫长的、不间断的和平。而就在这个时期，外力的闯入生生打断了本就如此脆弱的文化的发展，在几乎长达四分之一个世纪的时间里，将它与世界隔绝，让它多样的内在传统不断萎缩，沦为宣传工具之列。这是一个真正的悲剧，会让捷克民族再一次地 —— 而且这一次是彻底地 —— 堕入欧洲文化的边缘。近几年来，捷克文化又焕发了一些生机，文化领域现在已经成为我们获得成功的重要活动领域，不少佳作得以面世，而且，有些艺术门类，如捷克的电影，正在经历它的黄金时代，这一点已成为近年来捷克现实中最引人注目的现象。

然而，我们的国民是否清楚地意识到了这一点？他们是否意识到，现在正好可以衔接上两次世界大战之间我们的文学那值得怀念的少年时期，而且对于文学来说，这意味着一个绝佳的时机？他们是否意识到，一个民族的命运依赖于它的文化的命运？或者，是否我们已经彻底否认了那些复兴捷克民族精神的领导者的意见：没有了强大的文化价值，一个民族的生存将无法得到保障？

自从捷克民族复兴以来，文化在我们社会中的作用或许业已改变。如今，我们不再有遭受种族压迫的危险。然而，我认为，文化依然和从前一样，可以维护我们的民族身份，并为之辩护。进入二十世纪下半叶之后，国家间相互融合的前景愈来愈宽广。有史以来第一次，人类共同努力，致力于创造一种共同的历史。许多小集体互相联合，以形成更大的集体。国际间的文化合作因为联合而不断集中。旅游正成为一种大众现象。因此，世界上一些重要语言的作用不断增强。由于所有人的生活都变得国际化了，小语种的分量也在不断缩减。不久前，我同一名戏剧界人士闲聊，他是讲弗拉芒语的比利时人。他抱怨说，他们的语言遭到了威胁，弗兰德斯地区的知识分子都开始使用双语，相比母语，他们更愿意说英语，因为英语可以让他们跟全世界的科学界人士有更好的接触。在这种情况下，小国国民要想捍卫自己的语言和主权，只能借助于他们语言的文化分量，以及由这种语言所产生的价值的独特性。显然，皮尔森[1]啤酒也是一种价值。然而，人们到处都把它当作皮尔森乌奎尔啤酒在喝。

---

1 Pilsen，捷克中西部城市。

皮尔森啤酒根本无法支撑起捷克人保护自己语言的诉求。将来，这个不断融合的世界将会毫不犹豫地、完全正当地质问我们：为什么要在一百五十年前选择这样一种生活？是的，它会质问我们为什么要做这样的选择。

我们迫切需要整个捷克社会都充分意识到文化与文学的根本性作用。捷克文学——这是它的另一个特色——不是一种贵族化的文学。它是一种平民文学，跟本国的广大读者紧密地联系在一起。这既是它的力量所在，也是它的弱点。它的力量源自它坚实的民众基础，它发出的声音可以在那里得到强烈的共鸣。它的弱点则是它的超脱程度不够，教育程度不高，思想开放程度不够，外加捷克社会的整体文化水平低而可能造成的种种表现，因为它是如此紧密地依赖这个社会。有时候，我很担心，我们当代的教育会失去当年的人文主义者和捷克民族复兴运动的领导者们坚守的欧洲特性。古希腊罗马文化，基督教，这是欧洲精神的两大根本性源泉，在它们自身的传播过程中引发各种张力，而今它们几乎从捷克青年知识分子的意识中消失了；这样的一种流失是无法弥补的。然而，历经各种精神领域的革命而依然鲜活的欧洲思想，是有着稳固的延续性的。这一思想很早就建立起了它的词汇、术语、寓言、神话，以及它需要捍卫的事业。一旦失去了这些东西的支撑，欧洲的知识分子便无以形成共识。我最近读到一份触目惊心的报告，说一些将要成为捷克语教师的人对欧洲文学极其无知，而对世界历史的掌握更是可以忽略不计。地区化、边缘化不仅仅是我们的文学所特有的倾向，更是一个跟整个社会生活密不可分的问题，包括教育、新闻媒体等等。

最近我看了一部电影，叫《小雏菊》，讲述的是两个极其无耻的姑娘，她们特别为自己狭隘的思想而感到自豪。她们快乐无比地去破坏一切超出了她们理解能力的东西。我觉得这部电影就是一则寓言，具有强烈的现实意义，隐喻了广义上的文化破坏行为。什么叫文化破坏者？千万不要以为那是大字不识的农民，一怒之下将当地富裕地主的房子付之一炬。我所遇到过的文化破坏者，清一色都颇有学识，往往自视甚高，社会地位不错，对任何人都没有特别的怨恨。所谓的文化破坏者，就是思想狭隘的人，自以为是，而且在任何时候都要主张他自以为是的权利。由于世界上的大多数东西都超出了他的理解能力，他就去破坏这个世界，让它适应自己心目中的那个世界。因此，一个少年会在公园里砍掉一座雕像的头，因为他觉得那座雕像公然超越了他自己作为人的实质。由于每一件自我肯定的行为都会让一个人感到满足，那少年在砍掉雕像的头时，是充满了喜悦的。那些只活在当下而忽视背景的人，那些对历史的延续性一无所知的人，那些没文化的人，完全可能把他们的国家变成一个没有历史，没有记忆，声音发出去没有回音，没有任何美的荒漠。当代的文化破坏者们并不仅仅依循法律所禁止的形式去行事。当一群公民或一个由官僚组成的委员会手握材料，宣布一座雕像（或一座城堡，一座教堂，一棵百年树龄的椴树）毫无用处时，他们可以决定移走它，这就是另一种形式的文化破坏。在一种合法的破坏与不合法的破坏之间没有太大的距离。在破坏与禁止之间也没有太大的距离。一名议员最近以一个由二十一名议员组成的小组的名义，要求禁止两部重要的捷克电影。这是两部不太容易懂的电影，其中就包括我前面提到的《小雏菊》，而这部电影恰恰是讽刺文化破坏者的寓言。真是莫大的讽刺！此人恬不知耻地攻击这两部电影，而且其直接理由就是：看不懂。他这种说法所反映的缺乏逻辑只是表面的。这两部电影所遭到的最大指责，就是它们超越了审查官的理解能力，从而冒犯了他们。

在一封写给爱尔维修的信中，伏尔泰写下了这句了不起的话："我不同意您说的话，但我会誓死捍卫您说话的权利。"这是对作为我们现代文化基本伦理原则的表述。谁倒退到了这一原则诞生之前的时代，谁就是离开了启蒙时代，退回到了中世纪。对一种意见表达的任何压制，包括对一些错误言论的粗暴压制，说到底都是在反对真理，因为只有让自由平等的意见相互碰撞，真理才会呈现。任何对思想自由和表达自由的干涉——无论这种审查采取何种手段，以何种名目——在二十世纪都应当引起公愤，它是我们正在蓬勃发展的文学的沉重负担。

有一件事是不容置疑的：今天的艺术之所以能够蓬勃发展，就是因为思想自由获得了进步。捷克文学的命运如今与这种自由的广度密切相关。我知道，一谈及自由，就会有人恼火，跳出来宣称社会主义文学的自由必须是有限度的。诚然，一切自由都是有限度的，受到知识水平、偏见程度、教育水平等等的局限。然而，没有哪个进步的新时代是由它自身的局限来定义的！文艺复兴并非由它理性主义的狭隘与天真来自我定义——而且这种狭隘与天真是到后来才被人意识到的——而是因为它以理性跨越了以往的局限。浪漫主义的自我定义，则来自它对古典标准的超越，以及它在跨越了陈旧的局限之后得以探索、了解的新内涵。同样，社会主义文学的概念，要想得到正面的意义，就必须完成在自由度上的相应跨越。

然而，在我们国家，人们依然认为，捍卫这些界限要比超越这些界限更有价值。各种政治和社会形势都在向我们证明，约束思想自由是必要的。但是，一项名副其实的政策，是强调实质利益高于当下利益。对于捷克人民来说，文化的伟大就代表着实质利益。

尤其是，当今的捷克文化前途无量。在十九世纪，捷克人民生活在世界历史的边缘；到了现在，我们位于世界历史的中心。位于历史中心的生活并不轻松——我们深知这一点。然而，在艺术的美妙大地上，痛苦和折磨可以转化为创造性的财富。在艺术的沃土上，哪怕是苦难经验也变成了一种优势，一种伟大而悖论的优势。法西斯主义是建立在一种堂而皇之的反人道主义之上的，在道德领域，它营造出一种相对简单的状态：由于它公然站在人道主义的准则与道德的对立面，它反而使这些准则与道德得以完整存在。这会让人对人类的价值和道德的基础产生自然而然的怀疑：历史是什么？人在历史中的位置是什么？人本身究竟是什么？在这次经历之前和之后，你不会再对这些问题做出同样的回答。没有人能够全身而退。我们的国民历经民主、法西斯枷锁（历史更因为极其复杂的种族环境而变得尤其沉重），重复了二十世纪历史的所有主要元素。这也许可以让我们比那些没有经历这些周折的民族提出更有价值的问题，创造出更有意义的神话。

在当今这个世纪，我们的国民也许比许多其他国家的国民经受了更多的考验。如果说，塑造我们身份的精神一直苏醒着，那么如今，它应当更加成熟。这种更加伟大的经历可以转化成对陈旧界限的自由超越，对当今人类及其命运的知识局限的超越，从而给捷克文化一种意义，赋予它伟大与成熟。或许，我们现在面临的只是一个简单的机遇，一种潜在的可能性，然而，这几年来涌现那么多佳作，都证明了这样的一种良机并非虚妄。

然而，我还是要自问：我们的全体国民是否都意识到了这样一种机遇？他们是否知道这种机遇是属于他们的？他们是否知道，这样一种历史机遇不会出现第二次？他们是否知道，浪费了这一机遇，对于捷克人民来说，将意味着浪费整个二十世纪？

帕拉茨基曾经写道："人们公认，是捷克作家让我们的国家免于灭亡，唤醒了民族意识，并确定了它应当通过自身努力去实现的崇高目标。"是捷克作家在民族存亡中担负了重大责任，直到今天，依然如此。因为，我们这个国家是否可以继续存在，在很大程度上取决于捷克文学的品质：它的伟大与渺小、勇气与懦弱，它是地区性的还是具有普遍意义。

但是，捷克民族是否值得继续存在？捷克语是否值得继续存在？这些根本性的问题被置于这个民族的现代生存的根基中，它们还在等待最终的答案。因此，任何人，如果想以偏执、对文化的破坏、文化素养的缺乏或者思想的狭隘，去阻挡当今捷克文化的灿烂发展，那么，他就是在阻挡捷克民族本身的生存与发展。

一个被劫持的西方或中欧的悲剧

1983

-1-

一九五六年十一月，匈牙利通讯社的社长，就在他的办公室被炮火夷为平地前的几分钟，通过电传，向全世界发出了一条绝望的简讯：那天早晨，俄国向布达佩斯发起进攻。简讯是这样结尾的："我们将为匈牙利和欧洲而死。"

这句话想说什么？它一定是想说，俄国坦克让匈牙利处于危险境地，同时也连带着欧洲。可是，欧洲究竟在何种意义上遭遇了危险？俄国坦克要越过匈牙利边境往西进发吗？没有。匈牙利通讯社社长想说的是，透过匈牙利，俄国人瞄上的是欧洲。他已经做好了赴死的准备，为了匈牙利能够保全自己，进而保全欧洲。

即便这句话的意思非常清晰，它却让我们颇费思量。事实上，在这里，在法国，在美国，人们一般认为，当时处于危险中的既不是匈牙利，也不是欧洲，而是一个政权。人们永远不会说是匈牙利本身受到了威胁。人们更无法理解，为什么一个面临死亡威胁的匈牙利人要呼唤欧洲。当索尔仁尼琴揭露极权体制的压迫时，难道他会说自己跟欧洲有关，说欧洲代表一种值得为之牺牲的根本价值？

不。"为祖国和欧洲而死"这样一句话，在莫斯科或者列宁格勒是不可想象的，只有在布达佩斯或者华沙才有可能。

-2-

事实上，对于匈牙利人、捷克人、波兰人来说，欧洲是什么？从一开始，这些民族和国家就隶属扎根于罗马基督教的那部分欧洲。它们参与了欧洲历史的各个阶段。"欧洲"一词对于它们来说不是一种地理现象，而是一个精神概念，和"西方"一词同义。当匈牙利不再是欧洲，也就是说，不再是西方，它就从自己的命运、自己的历史中被抛了出去；它失去了自己身份的本质。

地理意义上的欧洲（从大西洋到乌拉尔山脉）一直都被分为两部分，走着不同的发展道路：一部分跟古罗马与天主教会相关（其特殊的符号：拉丁字母），另一部分扎根于拜占庭和东正教会（其特殊的符号：西里尔字母）。一九四五年后，这两部分欧洲之间的边界向西移了几百公里，其中几个一直被认为是属于西方的国家在一天醒来后，发现自己已在东方。随后，战后的欧洲形成了三种根本性的局面：西欧，东欧，以及最为复杂的那部分欧洲——它在地理上位于欧洲的中心，在文化上属于西欧，在政治上属于东欧。

我称之为"中欧"。这部分欧洲的矛盾局面可以让我们明白，为什么三十五年来，是在那里，汇集了欧洲的各种事件：一九五六年匈牙利的大规模暴动，以及随之而来的血腥屠杀；一九六八年的布拉格之春，以及捷克斯洛伐克被占领；一九五六年、一九六八年、一九七〇年，以及近几年的波兰起义。无论是在地理上的欧洲的东部还是西部，那里发生的事件，其悲剧程度、其历史意义，都无法与中欧这些接连不断的暴动相提并论。[1]每一次暴动都几乎是全民性质的。假设没有俄国的支持，当地政权连抵抗三个小时都无法做到。尽管如此，在布拉格和华沙发生的

---

1 一九五三年的柏林工人起义能不能也算入其中？既可以，也不可以。东德的命运具有特殊性。不存在两个波兰；相反，东德只是德国的一部分，德国作为国家的存在没有遭到任何威胁。这片土地在俄国人的手中扮演了人质的角色，西德和俄国对这个人质采取了非常特殊的政策，这种政策并不适用于中欧国家，在我看来，他们终有一天要为此付出代价。也许就是因为这一点，东德人与其他人之间的友好从来都不是自发的。当"华约"的五支军队占领捷克的时候，我们就清楚地看到了这一点。俄国人、保加利亚人、东德人可怕且令人生畏。相反，我可以讲出几十个关于波兰人和匈牙利人的故事，讲他们如何穷尽各种可能来表示他们是不同意占领的，而且是直接进行破坏。波兰人、捷克人、匈牙利人之间的这种默契，如果再加上奥地利人为捷克人提供的真正热情的援助，以及南斯拉夫人普遍的反苏怒火，我们就会看到，对捷克的占领一下子以极其清晰的方式让传统的中欧空间脱颖而出。

事件，从本质上来说，不能被视为东欧的事件，而恰恰是中欧的事件。

事实上，这些由全体国民参与和支持的起义，在俄国是不可想象的。即便是在保加利亚，同样也不可想象。众所周知，保加利亚是阵营中最稳定的部分。为什么？因为从其源头来说，保加利亚属于东欧文明，因为东正教的关系，况且东正教最早的使徒还都是些保加利亚人。因此，最近一次世界大战的结果对于保加利亚人来说，当然意味着政治的变化，而且是巨大的、令人遗憾的变化，但终究没有像对捷克人、波兰人、匈牙利人那样，带来文明的冲击。

-3-

　　一个民族或者一种文明的身份往往会映射在、凝聚于整体的精神创造中，我们一般称之为"文化"。假如这种身份遭遇了致命的威胁，文化生活会加剧，愈演愈烈，文化会成为一种生机勃勃的价值，整个民族都会围绕它组织起来。这就是为什么，在中欧的所有暴动中，比起欧洲其他任何地方、任何时候的民众暴动，文化记忆与同时期的创作都起到了更重要、更具决定性的作用。[1]

1　对于一名外部观察者来说，这其中的矛盾很费解：对于中欧来说，一九四五年之后的时代既是中欧最悲惨的时代，也是它文化史上最伟大的时代之一。无论是在流亡中（贡布罗维奇、米沃什），还是以一种地下创作的方式（一九六八年之后的捷克斯洛伐克），抑或是在舆论压力下得到当局容忍的一些创作，总之，这一时期诞生于东欧的电影、小说、戏剧和哲学代表了欧洲创作的巅峰。

正是因为一些匈牙利作家以浪漫主义诗人裴多菲为名形成了一个文学圈子，引发了重要的批评思考，才有了一九五六年的爆发。正是戏剧、电影、文学和哲学多年的活跃，才为一九六八年"布拉格之春"的自由解放运动做好了铺垫。正是因为禁演波兰最伟大的浪漫主义诗人密茨凯维奇的一出戏，才引发了一九六八年著名的波兰学生运动。这种文化与生活、大众与创作的美好联姻，为中欧的起义打上了难以比拟的美的印记，我们这些亲身经历过的人，将永远为之魂牵梦萦。

我觉得美的——在此使用"美"这个词最为深刻的含义——到了一个德国或者法国知识分子那里，也许就不以为然。他们会觉得，既然这些起义受到了文化如此大的影响，那一定不是真诚的、自发的，不是真正大众的。这很奇怪，但对一些人来说，文化与大众是两个不相容的概念。在他们眼里，文化与一批享有特权的精英的形象融为一体。正因如此，他们对于波兰团结工会的运动，就表现出了比对于之前的起义多得多的同情。然而，无论人们怎么讲，团结工会的运动在本质上与之前的起义是没有差别的，它只是达到了一个极致：民众与他们国家受到迫害、被忽略或者被压制的文化传统达到了最完美的结合（组织得也是最好的）。

-4-

人们会这样跟我说：好吧，就算中欧国家是在捍卫他们受到威胁的文化身份，他们的处境也并没有什么特别之处呀。俄国也处于同样的境地呀。俄国也在失去它的文化身份。

我理解这一逻辑。

但是，我们也需要去理解一个波兰人。他的祖国，除了两次世界大战之间的一小段时期外，被俄国奴役了足足两个世纪。两个世纪以来，他们遭受了持久的、毫无余地的俄罗斯化进程。

在中欧 —— 西方的东部边境，人们对于来自俄罗斯强权的危险总是更加敏感。不光是波兰人。弗朗齐歇克·帕拉茨基，伟大的历史学家，十九世纪捷克最具代表性的政治人物，在一八四八年写给法兰克福革命议会的著名信件中，为哈布斯堡帝国的存在做辩解，说它是抵挡俄国的唯一堡垒，俄国"这股巨大的力量，正在以任何西方国家都无以比拟的方式，增强它的实力"。帕拉茨基提醒人们警惕俄国的帝国野心，因为它试图成为"普世的君主国"，也就是说，它企图统治全世界。帕拉茨基写道："普世的俄罗斯君主国将是人类巨大无比、难以描述的灾难，无边无际，难以估量。"

按照帕拉茨基的说法，中欧本应是一些势均力敌的民族的家园，它们相互尊重，共同受到一个强大政权的庇护，每个民族都可以发展各自的独特性。尽管这个梦想从未完全实现过，它却是中欧所有伟人共同的梦想，强大且富有影响力。中欧渴望成为欧洲及其丰富多样性的缩影，一个最具欧洲性的小型欧洲，一个由各个国家组成的欧洲的微型模版，遵守以下规则：在最小的空间里，达到最大的多样性。面对一个建立在相反规则之上的俄国——最大的空间里，最小的多样性，他们怎能不感到惊恐？

事实上，对于渴望多样性的中欧来说，俄国这样一个统一、标准化、集中化的国家，是再陌生不过的了。俄国以一种可怕的坚定信念，将其帝国内的所有民族（乌克兰、白俄罗斯、亚美尼亚、拉脱维亚、立陶宛等等）都转化为单一的俄罗斯民族（或者，按照人们如今喜爱的说法，在词汇普遍神秘化的时代，转化为"单一的苏维埃人民"）。

虽这么说，它究竟是对俄国历史的否定，还是其历史的实现？

它当然既是它的否定（例如，对其宗教性的否定），同时又是它的实现（它的集中化趋势和帝国梦的实现）。

从俄国内部来看，前一个方面，即非延续性的方面，更为显著。从被奴役的国家来看，则是后一个方面，即延续性的一面，让人感受最深。[1]

---

1 莱斯泽克·考拉科夫斯基写道（《文学手册》第二期，巴黎，1983）："虽然我跟索尔仁尼琴观点一样 …… 但我还真不至于将沙皇体制理想化。我的祖先们在极其可怕的条件下与之斗争，为之战死，遭受屈辱和折磨 …… 我觉得索尔仁尼琴有将沙皇体制理想化的倾向，这一点，无论是我，还是任何其他波兰人，都是不能接受的。"

5

但我是不是正在以一种过于绝对的方式将俄国与西方文明对立起来？欧洲虽然被分为东西两个部分，难道不依然是一个单一的整体，扎根于古希腊和所谓的犹太－基督教思想之中？

当然。遥远的古老根基将俄国与我们联系在一起。此外，在整个十九世纪，俄国都在向欧洲靠拢。俄国与欧洲之间的吸引是相互的。里尔克宣称俄国是他的精神祖国，没有人能够逃脱伟大的俄国小说的力量，而俄国小说跟共同的欧洲文化是不可分割的。

是的，这一切都是真实的，这两个欧洲之间的文化联姻将成为人们的重要记忆。[1] 但同样真实的是，俄国的共产主义有力地唤醒了俄国古老的反西方执念，并将之粗暴地从西方的历史中拽了出来。

我要再次强调这一点：正是在西方的东部边界，比在其他任何地方更让人看清俄国是反西方的；它不仅仅是欧洲列强之一，而且还是一种特殊的文明，一种他者的文明。

切斯瓦夫·米沃什在《另一个欧洲》[2] 中写道：在十六、十七世纪，莫斯科人对于波兰人来说，就是一些"野蛮

---

1 西方与俄国之间最美好的联姻是斯特拉文斯基的作品，它概括了整个西方音乐的千年历史，同时，他的音乐想象力又是高度俄罗斯的。中欧的另一个美好的联姻，是一位伟大的俄国文化爱好者莱奥什·雅纳切克创作的两部杰出的歌剧：一部改编自亚历山大·奥斯特洛夫斯基（《卡蒂亚·卡巴诺娃》，1924），另一部我本人推崇备至，改编自陀思妥耶夫斯基（《死屋手记》，1928）。但是，这两部歌剧从未在俄国演出过，在那里，人们根本不知道它们的存在，这一点是非常具有症候意义的。
2 原书名为《熟悉的欧洲》，《另一个欧洲》为法文版书名。中文版依照英文版译为《故土》。——译者注

人"。"我们在遥远的边境同他们作战。我们对他们没有特别的兴趣……从这个只在东部边境感受到一种巨大虚空的时代起，波兰人就形成了一个概念，就是俄国是位于外部的，处于世界之外。"[1]

那些代表了另一个世界的人，总是以"野蛮人"的形象出现。对于波兰人来说，俄国人永远代表着另一个世界。卡齐米日·布兰迪斯讲过一个有意思的故事：一名波兰作家遇见了俄国伟大的女诗人安娜·阿赫玛托娃。波兰人抱怨自己的处境：他所有的作品都被禁了。她打断他："您被关进监狱了吗？"波兰人回答说并没有。"您至少被从作协开

---

1 即便是诺贝尔文学奖也没能动摇欧洲出版界对于米沃什愚蠢的无动于衷。说到底，他是一位太细腻、太伟大的诗人，无法成为一个我们时代的人。他的两部随笔集，《被禁锢的头脑》（1953）和《另一个欧洲》（1959，我的引言就是来自此书），是对俄国共产主义和它的"西进"的最早的细腻分析，丝毫没有善恶两元论的影子。

除了吧？""没有。"阿赫玛托娃真诚地感到不解："那您还抱怨什么？"

布兰迪斯就此评论道："这就是俄国式的安慰。跟俄国的命运相比，没有什么显得比它更可怕。但是，这些安慰没有任何意义。俄国的命运并不在我们的意识里；它对于我们来说是陌生的；我们对此不负任何责任。它压在我们身上，但并不是我们的遗产。我跟俄国文学的关系也一样。它让我害怕。直到今天，果戈理的某些短篇小说，萨尔蒂科夫－谢德林写的所有东西，都让我感到恐惧。我宁愿自己丝毫不了解他们的世界，不知道他们存在。"[1]

---

1 布兰迪斯这本书的波兰语书名叫《月复一月》，我一口气读完了这本书在美国的翻译手稿（英文书名是《华沙日记》）。假如您不想停留在政治评论的表面，而想深入了解波兰悲剧的实质，我希望您千万不要错过这部伟大的作品！

这样说果戈理，当然并不是要否定他的艺术，而是想表达对这一艺术所呈现的世界的恐惧。当它远在天边的时候，这个世界吸引着我们，令我们着迷，而一旦它靠近并围绕我们，就显示出它可怕的陌生性：它那里有着不幸的另一种（也是更广的）维度，空间的另一种形象（空间巨大到所有民族都会在那里被吞噬），时间的另一种节奏（缓慢而有耐心），另一种嬉笑、生活、死亡的方式。[1]

因此，我称为中欧的那部分欧洲在

---

1 我读过的有关俄罗斯作为一种特殊文明的最好最清醒的文章，是齐奥朗的《俄国与自由的病毒》，收入他的著作《历史与乌托邦》（1960）中。《存在的诱惑》（1956）里也有其他关于俄国和欧洲的很好的想法。在我看来，齐奥朗是极少几个仍然在提出整体维度上的欧洲这一过时问题的思想家之一。而且，他不是作为法国作家在提出，而是作为中欧人，来自罗马尼亚这个"组建就是为了消失，组织完善就是为了沦陷"的国家（《存在的诱惑》）。人们思考欧洲，只是把它当作沦陷了的欧洲。

一九四五年之后感受到的命运的变化，不仅是一种政治灾难，而且还是对其文明的责难。他们的抵抗的深层意义，就是捍卫自己的文化身份；或者，换一种说法：捍卫他们的西方性。

6

对于俄国的那些卫星国，人们已不再抱有幻想。但我们忘却了他们悲剧的本质：他们从西方的版图中消失了。

如何去解释，事情的这一面居然几乎不为人所知？

首先，我们可以归因于中欧本身。

波兰人、捷克人、匈牙利人的历史动荡而破碎，他们的民族国家传统时断时续，相比一些欧洲大国要弱得多。他们被夹在德国人和俄国人中间，为自己民族的存亡和语言的延续斗争不断，耗费了太多的力气。他们没有能够让自己足够深地进入欧洲的意识之中，成了西方最不为人知、最脆弱的一部分，而且还被隐藏在他们那些稀奇古怪、难懂难学的语言所构成的帷幕后面。

奥匈帝国曾有大好机会在中欧创建一个强大的国家政权。可惜的是，奥地利人在傲慢的大德意志民族主义与他们自己的中欧使命之间产生了重大分歧。他们未能成功地建立起一个由平等的民族构成的联盟国家，他们的失败成了整个欧洲的不幸。其他心生不满的中欧国家在一九一八年让帝国四分五裂，但人们没有意识到，尽管帝国有种种的不是，却是不可取代的。于是，在第一次世界大战之后，中欧沦为一个由弱小国家组成的区域，它们的脆弱先是让希特勒的征服取得成功，最后又使得俄国获得胜利。也许，在欧洲的集体无意识中，这些国家总是在播撒麻烦的种子。

而且，说白了，我觉得中欧的过错就在于我所说的"斯拉夫世界的意识形态"。我说"意识形态"，因为它只不过是十九世纪炮制出来的一个政治骗局。捷克人（尽管他们当中最具代表性的伟大人物对此严厉警告）天真地拿它出来挥舞，以对抗德意志的侵犯姿态；相反，俄国人很乐意使用它，来为自己的帝国目标辩护。一八四四年，伟大的捷克作家卡莱尔·哈弗利切克警告他的同胞切莫愚蠢地、不切实际地热爱俄国。他宣称："俄国人喜欢把所有俄罗斯的东西都冠以斯拉夫之名，以便将来可以把所有斯拉夫的东西冠以俄罗斯之名。"[1]不切实际，是因为在他们的千年

---

1 一八四三年，卡莱尔·哈弗利切克·博罗夫斯基前往俄国，他当时二十二岁，在那里待了一年。他到的时候是一个热爱斯拉夫的人，但很快成为俄国最激烈的抨击者之一。他在信件和文章中表述自己的观（转下页）

历史中，捷克人从未跟俄国有过直接接触。尽管他们的语言出自同源，捷克人与俄国人从未构成共同的世界，没有任何共同的历史、共同的文化，而波兰人跟俄国人的关系更是只有殊死搏斗。

大约在六十年前，约瑟夫·康拉德·克尔泽尼奥夫斯基，一般人叫他约瑟夫·康拉德，由于他的波兰血统，人们喜欢给他和他的作品冠以"斯拉夫灵魂"的标签，他对此大为光火，写道："在文学世界里，再没有比所谓的

（接上页）点，后来结集出版，收入一本小书，跟库斯汀的《俄国来信》几乎同年撰写。他跟这位法国旅行家的判断是一致的（相似之处往往非常有趣。库斯汀："假如您的儿子对法兰西不满，听听我的建议：让他去俄国。但凡有谁深入了解这个国家，都会庆幸自己能够永远生活在别处。"哈弗利切克："假如您真的想帮捷克人，出钱请他们去一趟莫斯科吧！"）。这一相似性非常重要，因为哈弗利切克是个平民，是捷克的爱国者，不能怀疑他抱有成见，或者对俄国有偏见。哈弗利切克是十九世纪捷克政治极具代表性的人物，他对帕拉茨基，尤其是对玛沙里克，影响巨大。

'斯拉夫精神'更令人陌生的了。这是一种波兰人的性格，带有道德约束的骑士精神，以及对个体权利的过度尊重。"（我是多么能够理解他！我也觉得，再没有更可笑的东西了，这种所谓的"斯拉夫灵魂"，这种对黑暗的敬畏，这种既喧哗又空洞的情感泛滥，居然人们时不时也把它用在我的身上！[1]）

尽管如此，"斯拉夫世界"的说法还

---

[1] 有一本有趣的小书叫《如何做一名外国人》，其中有一章题为《灵魂与理解》，作者提到了斯拉夫灵魂。"最可怕的灵魂是伟大的斯拉夫灵魂。拥有它的往往是深刻的思想家。他们喜欢说，比如：有些时候，我是如此地快乐，有些时候，我是如此地悲伤。您如何解释这一点？或者：我真像一个谜。有些时候，我想成为另一个人，一个不是我的人。或者：当我深夜独自一人在森林中，当我从一棵树跳到另一棵树，我会想，生活是多么地奇怪。"

有谁敢嘲笑伟大的斯拉夫灵魂呢？当然，作者来自匈牙利，乔治·米凯什。只有在中欧，斯拉夫灵魂才会显示出它的可笑。

是成了世界史中的老生常谈。[1] 一九四五年之后欧洲的分化，将这个所谓的"世界"统一了起来（还在里面加入了可怜的匈牙利人和罗马尼亚人，而他们的语言明显不是斯拉夫的，但又有谁会在乎这个细节？）。当时这样一个解决办法，几乎被视为是天经地义的。

---

1 比方说，您可以打开"七星文库"百科全书里的《全球史》。您可以看到，天主教会的改革者扬·胡斯居然不是跟马丁·路德，而是跟伊凡雷帝在同一章！如果您要找一篇有深度的关于匈牙利的文章，那么，一篇也没有。由于匈牙利人无法被归入"斯拉夫世界"，他们在欧洲的版图上没有任何位置。

7

如果说西方甚至都没有觉察到中欧的消失，这是不是中欧自身的过错？

不完全是。在本世纪初，中欧尽管在政治上处于弱势，在文化上却成为一个伟大的中心，也许是最伟大的中心。在这一点上，维也纳的重要性今天已尽人皆知，但我们无论如何强调也不过分：假如没有其他国家和城市的支撑，这座奥地利首都的独创性是不可想象的，此外，它们都以自己的创造力参与着整个中欧的文化。如果说勋伯格的音乐流派奠定了十二音体系，那么，匈牙利人贝拉·巴托克——在我看来是二十世纪最伟大的两三位音乐家之一——依然在以调性原则为基础的音乐体系中实现了最后一种独创的可能性。布拉格有卡夫卡和哈谢克的作品，它们与维也纳作家穆齐尔和布洛赫的伟大浪漫主义小说各擅胜场。在一九一八年以后，非日耳曼语国家的文化活力依然不断增强，布拉格为世界带来了布拉格语言学派以及结构主义思想。[1]在波兰，贡布罗维奇、舒尔茨、维特凯维奇

---

1 事实上，结构主义思想于二十世纪二十年代末诞生于布拉格的语言学圈子。该圈子由捷克、俄国、德国和波兰学者组成。正是在这个非常国际化的环境里，穆卡洛夫斯基在三十年代发展起了他的结构主义美学。布拉格的结构主义以一种有机的方式扎根于十九世纪捷克的形式主义中（在中欧，形式主义的趋势比在其他地方更为强烈，在我看来，是因为在那里音乐占据着主导地位，而音乐学从本质上来说就是"形式主义"的）。穆卡洛夫斯基从俄国形式主义的最新发展出发，彻底突破了它的单向特性。结构主义者们是布拉格先锋派诗人和画家的盟友（比法国的类似联盟早了三十多年）。他们以其影响保护了先锋派的艺术，反对在现代艺术领域到处出现的狭隘的意识形态阐释。穆卡洛夫斯基的作品在全世界都很有名，但在法国从未出版。

这个伟大的三位一体，预示了五十年代欧洲的现代主义，尤其是被称为"荒诞"的戏剧。

一个问题出现了：这样一种巨大的创造力的爆发，仅仅是地理上的巧合吗？还是说它扎根于过去的悠久传统之中？换句话说：我们是否可以把中欧视为一个拥有自己的历史的真正的文化整体？假设这样一个整体是存在的，我们是否可以从地理上来定义它？它的边界又在哪里？

想要精准地定义它是做不到的。因为中欧不是一个国家，而是一种文化，或者一种命运。它的边界存在于想象中，需要在每一个新的历史情境中划定、再划定。

比方说，早在十四世纪中叶，查理大学就把捷克、奥地利、巴伐利亚、萨克逊、波兰、立陶宛、匈牙利、罗马尼亚等地的知识分子（教授、大学生）聚集到布拉格，孕育出了多民族共同体的萌芽，在这个共同体里，每一个民族都有权使用自己的语言：事实上，正是在这所大学的间接影响下（新教改革家扬·胡斯是它的校长），《圣经》才首次被翻译成匈牙利语和罗马尼亚语。

其他情况接踵而至：胡斯的革命；马加什一世时期匈牙利文艺复兴在国际上传播；联合了三个独立国家——波希米亚、匈牙利和奥地利——的哈布斯堡帝国的形成；与土耳其人的战争；十七世纪的反宗教改革运动。在那个时候，中欧文化的特性重获辉煌，巴洛克艺术的繁荣将从萨尔茨堡到维尔纽斯这一片广阔的区域联合了起来。于是，在欧洲的版图上，巴洛克的中欧（其特点是非理性占主导，视觉艺术，尤其是音乐地位突出），成为法国古典主义的对立面（其特点是理性占主导，文学和哲学地位突出）。正是扎根于这个巴洛克的时代，中欧音乐得以一直辉煌灿烂，从海顿到勋伯格，从李斯特到巴托克，中欧音乐以一己之力，浓缩了整个欧洲音乐的演变。

十九世纪，（波兰人、匈牙利人、捷克人、克罗地亚人、斯洛文尼亚人、罗马尼亚人、犹太人之间的）民族斗争使得一些互不团结、孤立、隔绝的民族对立起来，但它们却有着共同的伟大的生存体验：在存在与不存在之间进行选择；换句话说，是选择在它真正的民族国家内生活，还是融入到一个更大的国家中去。

即便是奥地利人，这个在帝国中占有统治地位的民族，也没能逃脱这种必要的选择；他们不得不在自己的奥地利身份与融入更大的德国整体之间做出选择。犹太人也没有能够回避这个问题。犹太复国主义也是在中欧诞生的，它拒绝了融入，只不过是选择了所有中欧民族的道路。

二十世纪出现了一些新的形势：帝国的崩溃，俄国的吞并以及中欧旷日持久的暴动和反叛。这些反叛都是为未知的解决方案所下的巨大赌注。

因此，定义和决定中欧这个整体的，不可能是政治边界（它们是不真实的，往往由侵略、征伐和占领所强加），而是那些重大的共同处境。正是这些处境将各个民族聚集起来，而且总是以不同的方式重新组合，在永远处于变化中的想象的边界里，在它们中间，延续着同样的记忆、同样的经验，具有同样传统的共同体。

8

西格蒙德·弗洛伊德的父母来自波兰，但是小弗洛伊德是在我的故乡摩拉维亚度过了他的童年，就跟埃德蒙·胡塞尔和古斯塔夫·马勒一样；维也纳小说家约瑟夫·罗斯，他的根也是在波兰；伟大的捷克诗人朱利乌斯·泽耶尔出身于布拉格一个德语家庭，用捷克语写作是他自己的选择。相反，赫尔曼·卡夫卡的母语是捷克语，而他的儿子弗朗茨·卡夫卡则彻底选择了德语。作家戴里·蒂波尔，一九五六年匈牙利革命的关键性人物，出身于一个匈牙利-德国混血家庭。还有我亲爱的朋友达尼洛·基什，高明的小说家，是匈牙利–南斯拉夫混血。在这些最具代表性的人物身上，有着多么交错复杂的民族命运啊！

而且，以上所有我提到的人，清一色都是犹太人。事实上，世界上没有哪个地方如此强烈地留下了犹太天才的印记。犹太人无论身在何处都是异乡人，即便是在他们自己的家里。他们总是超越于民族纠纷之上。二十世纪，他们成了中欧主要的国际化和整合元素，是中欧知识分子的黏合剂，精神上的聚集者，精神统一体的创造者。这也是为什么我热爱他们，我带着热情和怀旧依恋他们的文化遗产，就像是自己的个人遗产一样。

还有一件事令我对犹太民族如此珍视：在我看来，正是在犹太人的命运中，中欧的命运得以凝聚，相互映照，找到了它的象征意象。中欧是什么？是俄国和德国之间的由小国组成的不确定区域。我要划出重点：小国。事实上，犹太人是什么？就是小国，最有代表性的小国。是有史以来唯一一个得以在历史的摧毁性步伐和帝国的夹缝中幸存下来的小国。

但是，何谓小国？我来说说我的定义：小国就是其存在随时可能受到质疑的国家，是会消失的国家，而且他们自己深知这一点。一名法国人、俄国人、英国人不太会问自己的国家是否会延续下去。他们的国歌里只会提到伟大和永恒。而波兰的国歌是这样起首的："波兰尚未灭亡……"

中欧作为小国的家园有着它自身的世界观，这种世界观建立在对大写的历史的极度不信任之上。大写的历史，这个黑格尔和马克思的女神，这个审判我们、评判我们的理性的化身，乃是征服者的历史。而中欧人民不是征服者。他们与欧洲的历史不可分割，没有它就无法生存，但他们只代表了欧洲历史的另一面，他们是欧洲历史的受害者和边缘人。正是在这样一种沮丧的历史经验中，衍生出了他们文化的独创性，他们的智慧，他们嘲讽伟大、嘲讽荣耀的"不严肃的精神"。"不要忘记，正是通过反对大写的历史，我们才能反对当下的历史。"我多么希望能够将维托尔德·贡布罗维奇的这句话刻在通往中欧的大门之上！[1]

---

1 关于"中欧的世界观"，我读过两本我非常欣赏的书：一本偏文学一点，叫《中欧：趣闻和历史》，作者是无名氏（署名约瑟夫·K），以打字稿的形式在布拉格传播；另一本偏哲学一点，叫《生活的世界：一个政治问题》，作者是热那亚哲学家瓦克拉夫·贝洛拉德斯基。这本书的法语版在韦迪埃（Verdier）出版社（转下页）

这也就是为什么，在这片由"尚未灭亡"的小国组成的区域，欧洲的脆弱性，整个欧洲的脆弱性，比在其他任何地方都要更加明显，更早被发现。事实上，在我们的现代世界，权力越来越集中到少数几个强权的手中，不久以后，欧洲所有的国家都有成为小国的危险，并将遭遇小国的命运。在这个意义上，中欧的命运预示着整个欧洲的命运，它的文化一下子就具有了巨大的现实性。

我们只需要去读一读最伟大的中欧小说[1]：在布洛赫的《梦游者》中，大写的历史呈现为一种价值贬值的过程；穆

（接上页）出版，值得我们高度关注。在过去的一年中，中欧问题在密歇根大学的一本重要期刊 ——《交流：中欧文化年鉴》—— 里进行了很好的探讨。

1 从一开始就关注中欧小说（不仅仅是维也纳小说，还有捷克和波兰的小说）的法国作家是帕斯卡·莱内。他在采访集《如我敢言》（法兰西水星出版社）中谈到许多很有意思的观点。

齐尔的《没有个性的人》描述了一个皆大欢喜的社会，人们浑然不觉第二天这个社会就将消失；在哈谢克的《好兵帅克》中，装疯卖傻成了保持自由的最后可能；卡夫卡的小说观则向我们呈现了一个没有记忆的世界，一个历史之后的世界。本世纪至今所有伟大的中欧创作都可以被理解为对欧洲人可能消失的漫长思考。

-9-

如今，中欧处于俄国的掌控之下。只有小小的奥地利还保留着它的独立性，但更多是出于运气，而非出于必要性。由于脱离了中欧的氛围，奥地利已经失去了很大部分的特殊性和全部的重要性。对于整个西方文明来说，本世纪最重大的事件之一就是中欧文化家园的消失。因此，我要重复我的问题：这一事件怎么可能到现在都没有被发现、被命名？

我的回答很简单：欧洲没有发现自己伟大的文化家园消失，是因为欧洲已经不再把自己的整体性视为一种文化整体性。

事实上，欧洲的整体性建立在什么基础之上？

在中世纪，它建立在共同的宗教之上。

在现代时期，当中世纪的上帝成了"隐去的神"，宗教就让位给了文化，它实现了欧洲人之间得以互相理解、自我定义、自我认同的最高价值。

然而，在我看来，在我们这个世纪正在发生另一种变化，它和将中世纪与现代时期区分开来的变化同样重要。正如上帝曾经给文化让位，今天，文化也让出了它的位子。

但让给了什么？让给了谁？能够让统一欧洲的最高价值得以实现的领域究竟在哪里？是技术上的成就吗？市场？媒体？（大诗人将被大记者取代？）抑或是政治？但又是什么政治？是左翼

政治还是右翼政治？在这种既愚蠢又无法超越的善恶二元论之上，我们还能看到一种共同的理想吗？是宽容原则，是对信仰和对他人的思想的尊重吗？但是，这种宽容，假如它并不能保护任何丰富的创造、任何强大的思想，那是不是也会变得空洞而无用？或者，我们是否可以把文化的让位看作一种解脱，应当皆大欢喜地去接受它？或者，上帝，"隐去的神"，会回来占据腾出的位子，从此不再隐身？我不知道。我一无所知。我认为我只知道一点：文化已经让位。

赫尔曼·布洛赫早在三十年代就被这一想法折磨不已。比如，他说："绘画已经成为一件完全晦涩难懂的事物，纯粹属于博物馆的世界；人们不再对它和它提出的问题感兴趣，它几乎成了过去时代的遗物。"

这一席话在当时令人震惊，今天却不会了。这些年来，我自己做过一个小调查，随机问一些我遇到的人，他们最喜爱的画家是谁。我发现，没有任何人最喜爱的画家是当代的，大多数人甚至不知道任何一位当代画家的名字。

哪怕在三十年前，这都是不可想象的。那时候，马蒂斯、毕加索那一代画家都还活着。然而在这期间，绘画失去了它的重要性，成了一种边缘活动。是因为绘画没那么好了吗？还是我们已经失去了对绘画的品味和感觉？无论如何，创造了每一个时代的风格的绘画，在好几个世纪内伴随着欧洲一同发展的绘画艺术，已经抛弃了我们，或者是我们抛弃了它。

那么，诗歌、音乐、建筑、哲学呢？它们也已经失去了铸造统一的欧洲、成为它的基础的能力。对于欧洲人来说，这是跟非洲的去殖民化同样重要的转变。

-10-

弗朗茨·魏菲尔人生中第一个三分之一的时间生活在布拉格，另一个三分之一的时间生活在维也纳，第三个三分之一的时间在移民：先是法国，后是美国。这是一个典型的中欧人的一生。一九三七年，他跟夫人——著名的阿尔玛，也就是马勒的遗孀——应国际联盟知识分子合作组织的邀请，去了巴黎，参加一个题为"文学的未来"的研讨会。在发言中，魏菲尔不仅仅反对希特勒主义，还反对一般意义上的极权主义的危险，反对在我们这个时代媒体和意识形态对人的愚弄。他认为这些都会摧毁文化。在发言的最后，他提出了一个倡议，以阻止这一可怕的进程：成立一个世界诗人和思想家学院（Weltakademie der Dichter und Denker）。在任何情况下，它的成员都不能由国家来推举。成员的选择应该完全基于他们作品的价值。由世界上最伟大的作家组成的成员人数应该在二十四位到四十位之间。这个学院将独立于政治和宣传，其使命是"与世界的政治化和野蛮化作斗争"。

这一提议不仅没有被接受，而且遭到人们的大肆嘲讽。当然，这是一个幼稚的提议。非常幼稚。在一个绝对政治化的世界里，艺术家和思想家都已无可救药地开始"介入"，如何去建立这样一个独立的学院呢？它只会带上一些充满善意的人聚集在一起时的可笑样子。

然而，对于我来说，这个幼稚的提

议是非常令人感动的，因为它反映了一种绝望的需求，即希望在一个已经没有了价值的世界里找到一种道德的权威。它只是一种焦虑的渴望，想让人听到不再听得到的文化之声，听到"诗人和思想家"的声音。[1]

在我的记忆中，这个故事跟另一段回忆混淆在一起。那天早上，警察在搜查了我的朋友、一位著名的捷克哲学家的房子之后，没收了他上千页的哲学手

1 魏菲尔的演讲本身一点也不幼稚，而且至今依然鲜活如故。它让我想起另一场演讲，一九三五年罗伯特·穆齐尔在巴黎的捍卫文化大会上的发言。跟魏菲尔一样，他也认为法西斯主义是一种危险。对他来说，捍卫文化并不是让文化介入政治斗争中去（当时人人都那么想），而是相反，要保护文化不受政治愚昧化的影响。他们两人都意识到，在现代技术和媒体的世界里，文化的希望并不大。穆齐尔和魏菲尔的观点在巴黎遭到了许多人的反对。然而，在我周边听到的所有政治文化讨论中，我对于他们的观点几乎无需添加任何东西，在这种时候，我感觉自己跟他们非常紧密，在这种时候，我感觉自己是一个不可救药的中欧人。

稿。就在那一天，我们走在布拉格的街道上。我们从他居住的城堡山走向康帕半岛，我们穿过了曼斯桥。他试着说几句笑话：警察怎么看得懂他那晦涩难懂的哲学语言？但无论怎么开玩笑，也无法平息他的焦虑，无以弥补这份手稿背后十年的辛勤付出，因为哲学家没有任何备份。

我们商量着，能否给国外发一封公开信，让这种没收手稿的事件成为一桩国际丑闻。我们很清楚，这样一封信不能发给机构或者政府人员，而只能是一位超越于政治之上，能够代表一种不容置疑的、在全欧洲都受到认可的价值的人。也就是说，要发给一位文化界人士。但这样一个人在哪里呢？

突然，我们明白了，这样一个人并不存在。是的，有伟大的画家、剧作家和音乐家，但他们在社会中已经不再占据一种可以被欧洲接受为精神代表的道德权威的特殊位置。文化不再作为一种实现最高价值的领域而存在。

我们走向老城的广场，我当时就住在广场附近。我们感受到了一种巨大的孤独，一种空虚，一种欧洲空间的虚无，文化正从那里渐行渐远。[1]

---

[1] 最后，在犹豫了好一阵子之后，他还是发出了那封信 —— 发给让-保罗·萨特。是的，他仍是文化界最后一位世界性的人物。然而，在我看来，也正是他，以他的"介入"观念，为文化这个独立、特殊、不可简约化的力量的退位奠定了理论基础。尽管如此，他马上就在《世界报》上发表了一篇文章，对我朋友的来信做出了回应。假设没有这次干预，我不相信警察最后会将手稿归还给哲学家（几乎是一年以后）。在萨特入葬的那天，我又想起了我这位布拉格的朋友：如今，他的信再也找不到收件人了。

-11-

中欧国家从自身经历中保留下来
的关于西方的最后记忆是一九一八年
至一九三八年这个阶段。他们比自己
历史上的任何时期都更看重这一阶段
（一些私下进行的民意调查证明了这一
点）。因此，他们的西方形象属于昨日
的西方，一个文化还没有完全让位的
西方。

从这个意义上讲，我要强调一个
很说明问题的情况：中欧的反抗并没有
得到报纸、广播或电视的支持，也就是
说，没有得到媒体的支持。它们是通过
小说、诗歌、戏剧、电影、史书、文学
杂志、民间喜剧表演、哲学讨论，也就

是说，通过文化来准备、发起和实施的。对一个法国人或者美国人来说，大众媒体甚至等同于当代西方，但在这些反抗中，大众媒体没有起到任何作用（它们是完全被国家政权所御用的）[1]。

这也是为什么，当俄国人占领了捷克斯洛伐克，他们的首要举措就是彻底破坏捷克文化。这种破坏的意义是三重的：第一，可以摧毁敌对中心；第二，可以破坏民族的身份认同，以便更容易被俄罗斯文明消化掉；第三，可以以粗暴的方式终结现代时期，也就是终结这个文化还代表着最高价值之实现的时期。

对于我来说，这第三个结果是最重

---

1 然而，还是需要提到一个著名的例外：在俄国占领捷克斯洛伐克的最初日子里，正是广播和电视，通过它们的地下节目，发挥了非常重要的作用。但即便如此，人们听到最多的还是文化代表们的声音。

要的。事实上，因为西方诞生于现代之初，建立在思考和怀疑的自我之上，其特点就是文化创造被认为是独一无二、无法模仿的自我的表达。俄国的入侵将捷克斯洛伐克抛进了"后文化"时代，于是，它在面对俄国的军队以及国家政权无处不在的电视时，赤身裸体，赤手空拳，毫无还手之力。

在被俄国入侵布拉格这个具有三重意义的悲剧事件搅得心神不安之时，我来到法国，并试图向我的法国朋友们解释入侵之后对文化的摧残："你们想想！所有的文学和文化杂志都被取缔了！所有，无一例外！在捷克的历史上前所未有，即便是在战争时期，被纳粹占领的时候！"

然而，我的法国朋友们只是以一种很尴尬的宽容态度看着我。我后来才理解其中的意思。事实上，当捷克的所有杂志被取缔时，举国上下都是知道的，而且他们带着焦虑感受到了这一事件的巨大后果。[1]在法国和英国，如果所有的杂志都消失了，不会有人注意到，即便是它们的编辑。在巴黎，即便在最富教养的圈子里，人们在晚饭的餐桌上议论的是电视节目，而非杂志。因为文化已经退位了。我们在布拉格把杂志的消

---

1 捷克的《文学笔记》周刊发行量达到三十万册（在一个人口只有一千万的国家），是由捷克作家联盟出版的。多年来，正是这本杂志为"布拉格之春"做了铺垫，并成为发表相关言论的场所。从结构上看，它不像《时代》那类遍布美洲和欧洲的周刊，那些周刊大同小异。它是真正的文学期刊：里面有关于艺术的长篇专栏，以及对书籍的评论。关于历史、社会学、政治的文章，都不是出自记者，而是由作家、历史学家和哲学家撰写的。据我所知，本世纪还没有哪一份欧洲的周刊发挥过如此重要的历史作用，还发挥得这么好。捷克文学月刊的发行量一般在一万册至四万册之间，尽管有审查机制，它们的水平也是非常高的。在波兰，杂志也同样重要：今天，那里有数百种（！）地下杂志！

失当作灾难、地震、悲剧，而在巴黎，人们只是把它当作平常而无意义的琐事，几乎不被人看到，就像是一种"非事件"。

在帝国被摧毁之后，中欧失去了屏障。在试图将犹太民族从地球上清除出去的奥斯威辛集中营之后，中欧是否已经失去了自己的灵魂？在一九四五年被从欧洲剥离之后，中欧还存在吗？

是的，那里的创造力和反抗在告诉人们，它"尚未灭亡"。但是，假如说存在意味着活在我们所爱的人的眼睛里，那么，中欧早就不存在了。更确切地说：在它所爱的欧洲的眼里，它只不过是俄罗斯帝国的一部分。仅此而已，仅此而已。

又有什么好奇怪的呢？就政治体系而言，中欧属于东方；就文化历史而言，它又属于西方。但既然欧洲正在失去对它自己文化身份的认同感，那么，欧洲看到的中欧，只是它的政治体制；换句话说，欧洲眼中的中欧，只不过是东欧。

因此，中欧不仅仅要反抗它的大块头邻居的压倒性力量，还要反对无可挽回地将文化时期遗弃在身后的时间这一非物质性的力量。这也是为什么，中欧的反抗有一点保守主义的——我几乎要说是不合时宜的——性质：它绝望地试图重建逝去的时间，逝去的文化时间，逝去的现代时期，因为只有在这一时期，只有在这个保留着文化维度的世界里，中欧才可以捍卫自己的身份，才能以真实的样子被人看见。

因此，它真正的悲剧不是俄国，而是欧洲。欧洲，这个对于匈牙利通讯社的社长来说代表着如此高的价值的欧洲，他准备为之牺牲，而且他真的已经牺牲。但是，在铁幕的后面，他没有意识到，时代已经变了，即使在欧洲，欧洲也不再被视为一种价值。他没有意识到，他越过他那平坦的国土的边境、通过电传发出的句子听起来已经过时，永远不会被理解。

图字：09-2022-0337 号

图书在版编目 (CIP) 数据

　　一个被劫持的西方或中欧的悲剧 / （法）米兰·昆德拉；董强译 . —上海：上海译文出版社，2023.8
　　书名原文：Un Occident kidnappé ou la tragédie de l'Europe centrale
　　ISBN 978-7-5327-9349-5

　　Ⅰ. ①—…　Ⅱ. ①米…②董…　Ⅲ. ①随笔—作品集—法国—现代　Ⅳ. ① I565.65

中国国家版本馆 CIP 数据核字（2023）第 126456 号

| 一个被劫持的西方或中欧的悲剧
Un Occident kidnappé ou la tragédie de l'Europe centrale | MILAN KUNDERA
米兰·昆德拉　著
董强　译 | 出版统筹　赵武平
责任编辑　李月敏
装帧设计　董茹嘉 |

上海译文出版社有限公司出版、发行
网址：www.yiwen.com.cn
201101　上海市闵行区号景路 159 弄 B 座
杭州宏雅印刷有限公司印刷

开本 787×1092　1/32　印张 2.75　插页 6　字数 22,000
2023 年 8 月第 1 版　2023 年 8 月第 1 次印刷

ISBN 978-7-5327-9349-5/I·5838
定价：52.00 元